FOLIO CADET

Mise en couleurs d'Alexis Ferrier

Supplément réalisé avec la collaboration
de Dominique Boutel et Anne Panzani

ISBN : 2-07-052274-1

Loi n° 49-956 du 16 juillet 1949 sur les publications
destinées à la jeunesse
Numéro d'édition : 97671
Premier dépôt légal : novembre 1996
Dépôt légal : septembre 2000
Imprimé en Italie par Editoriale Lloyd

Les aventures de la famille Motordu

Pef

GALLIMARD JEUNESSE

AVEC...
Le Prince de Motordu ...

La Princesse Dézécolle
Marie-Parlotte

Motordu
est le frère Noël

C'est Noël et j'ai froid
Le vent glacial pénètre
jusqu'aux mots tordus
comme une baïonnette !

Cette année-là, Marie-Parlotte et son petit frère Nid-de-Koala croyaient encore au Père Noël. Leurs parents, le Prince de Motordu et la Princesse Dézécolle entretenaient le mystère autour de cette belle légende. Cependant ils laissaient leurs enfants s'occuper eux-mêmes de la décoration du traditionnel lapin de Noël.

Celui-ci était magnifique.

Tout blanc, il brillait de toutes ses anguilles, grâce à sa guirlande de carottes électriques bien disposée et à ses poules dorées.

Au pied du lapin les pantoufles des deux gamins n'attendaient plus que les souhaits du Père Noël.

– Moi, répétait Nid-de-Koala pour la millième fois, j'ai toujours voulu une voiture, ça, c'est un beau souhait ! Et puis un microbscope, pour voir les plus petites de toutes les

petites bêtes. J'espère que le Père Noël m'apportera tous ces souhaits dont je rêve. Pas toi ?

– Moi, répondit Marie-Parlotte, les yeux brillants, mon souhait c'est d'avoir un peu seul. Tu sais, ces grandes images à reconstituer avec des centaines de petits morceaux autour de soi. Ah ! on se sent peu seul, parmi eux.

– C'est tout, s'étonna Nid-de-Koala ?

– Oh ! non, il y a aussi tout ce qu'il faut pour être une infirmière : une meringue pour faire les piqûres, une blouse toutes manches et un appareil pour mesurer l'attention. Et le tout accroché sur un panneau-pli. Et cartonné en plus !

– Les enfants, ordonna leur mère, la Princesse, montez dans votre chambre. Allez, haut dodo ! A votre réveil vous trouverez tous vos souhaits.

A peine les enfants s'étaient-ils endormis, bien au chaud dans leurs bras de lit qu'on sonna :

La Princesse Dézécolle alla ouvrir :

– Mais nous n'attendons personne !

– Pardon madame, il arrive que le Père sonne, fit un inconnu barbu sur le seuil gelé de la porte.

– Le Père..., le Père, s'interrogea la Princesse, ne seriez-vous pas le Père Noël, en pleine nuit ?

– Un Père Noël plein d'ennuis, reconnut l'homme. Mon traîneau est en panne. Quel malheur ! C'est la

première fois que la tournée du Père Noël est compromise !

Toujours prêt à rendre ses vis aux gens, le Prince de Motordu alla chercher sa boîte à fourbi contenant paires de minces, clés en glaise, deux ou trois marmots et même une berceuse à percussion faisant une très jolie musique.

Il se glissa sous le traîneau, vérifia l'état des houx, contrôla les niveaux d'os et d'huile. Puis il se précipita sur les bougies :

– Elles étaient encrassées ! cria-t-il au Père Noël, après les avoir nettoyées. Vous allez pouvoir redémarrer.

Mais le Père Noël avait pris beaucoup de retard. Aussi demanda-t-il au Prince de Motordu de l'aider à finir de distribuer les souhaits des autres enfants de la région.

– Vous n'allez pas partir ainsi, mon cher époux, exigea la Princesse Dézécolle.

Elle se choisit une robe et la recouvrit de braises du feu de la cheminée. Ainsi le Prince de Motordu se retrouva bien au chaud dans sa robe de cendres toutes rouges !

– A vous deux vous ferez une bonne paire Noël, annonça son épouse.

Elle leur offrit ensuite deux glaces de café brûlant.

– Au boulot ! décida le Père Noël.

– Oui, approuva le Prince, sinon, nous allons nous mettre en renard.

Dehors il faisait un froid de loup mais le traîneau possédait de chaudes et épaisses croûtes de verdure.

Motordu jeta un coup d'œil vers le ciel et tendit une main qu'il secoua aussitôt :

– Aïe ! il tombe de la neige à gros flacons. Et chacun sait que le verre glace en cette saison.

– Ah, beau minable, ce temps, s'écria le Père Noël, mais j'ai l'habitude et puis, dans mon malheur, je me dis que je fais ça pour le bonheur des enfants.

Le Prince de Motordu ajouta, un peu moqueur :

– Il faut dire que vous ne travaillez qu'un jour, parent ! Et je dis parent car nous sommes à présent deux frères, les frères Noël.

– Un jour par an, un jour par an, grommela le Père Noël. Vous voulez dire une nuit, une toute petite nuit !

– Nuit, heures de boulot, vous parlez d'une journée, conclut le Prince en riant.

Le traîneau s'ébranla, allant de ligne droite en village en toute sécurité, car les quatre bêtes qui le tiraient étaient les rennes de la route.

– Ma liste, qu'est-ce que j'ai fait de ma liste ? s'inquiéta le Père Noël.

– Elle est sous le traîneau, votre piste, le rassura Motordu en se penchant.

– Alors, lisez-la moi !

Et le Prince se jeta sur la piste :

– Pour Juju Mans, un crin électrique, et hop ! Pour Daniella Vocat, un jeu de lois ! Hop ! Pour Thierry Lenain, douze voitures miniatures, Hop ! A Jean Pionnat, un ballon de foule ! Et hop, et hop, et hop !

Ainsi faite à deux et à coups d'éclats de rire, la tournée fut vite fête :

– On a rattrapé notre renard, triompha le Prince de Motordu.

– Laissez l'oie ici, je rentrerai à pied, mon chapeau est dans le poing !

Avant de quitter son nouvel ami, le Père Noël demanda toutefois :

– Excusez-moi, Prince, et ne vous vexez surtout pas, mais je trouve que vous avez une drôle de façon de parler.

– Bah ! répondit Motordu, je suis nez comme ça. J'aime bien tordre les mots !

– Et c'est bon, de mordre les mots ? hasarda le vieil homme.

– Fameux, toute la vie en est changée. Vous devriez essayer. Par exemple, vos rennes, quand ils crottent, ils deviennent des... bennes à ordures.

Le Père Noël éclata de rire :

– Rennes à ordures devient donc bennes à ordures, j'ai compris ! Ainsi, mon fouet peut, à ma guise, devenir un... jouet ?

– Tout à fouet, fit Motordu, et ce ne sont pas vos rennes qui s'en plaindront, au contraire, ils seront en chantier, frère Noël.

Et le Père Noël disparut en chantant :

– Petite patate nouvelle,
Quand tu descendras du miel,
N'oublie pas mes bleues pipes mouillées…

Le Prince reconnut que son élève était très doué, mais qu'il avait encore des progrès à faire.

Les nuages se refermèrent sur le féerique équipage. Motordu se frotta les yeux. Avait-il rêvé ? En tout cas, autour de lui, la nuit était pelle, car la neige avait obligé bien des gens à dégager à l'aide de cet instrument le chemin menant à leur porte.

Certaines maisons étaient rongées dans le noir.

Le cœur de Motordu se serra.

Il savait bien sûr que trop d'enfants ne connaîtraient pas de soyeux Noël, leurs parents n'ayant pas assez d'agents pour empêcher la misère d'entrer chez eux.

– Sans dinde de Noël, pas de jour de bête, c'est ce que disait toujours ma grand-mère, soupira-t-il.

Il se dit aussi que perdre son travail menait tout droit au dommage mais il tenta de se rassurer :

– Ne voyons pas la vie en noir ; ma grand-mère disait aussi que l'espoir est remis à deux mains pour qui sait s'en servir.

Pendant ce temps, dans le chapeau familial, Marie-Parlotte et Nid-de-Koala s'inquiétaient de l'absence de leur père.

– J'espère, murmura Marie-Parlotte, qu'il n'est pas allé au café pour boire un loup dans un verre à dents.

– Mais non ! protesta sa maman princesse.

Motordu apparut enfin dans sa robe de cendres rouges.

– Le Père Noël, le Père Noël, crièrent-ils, c'est lui, c'est papa !

– Eh oui, soupira la Princesse Dézécolle, il vient un moment où les enfants découvrent la vérité sur le Père Noël. Ce moment est arrivé, mes chers petits : le Père Noël, c'est les parents !

– L'amer Noël ! soupira tout de même Marie-Parlotte en regardant sa maman, avec toute la nostalgie de ce mystère dans les yeux.

– Du moment qu'on a tous nos souhaits, c'est le principal, conclut le brave petit Nid-de-Koala.

Dehors, le jour s'élevait, tout comme le traîneau du Père Noël lequel, ayant terminé sa journée nocturne, repartait au pays des jouets.

Loin, très loin, bien au-delà des cieux émerveillés des enfants.

fin

Né en 1939, fils de maîtresse d'école, **Pef** a vécu toute son enfance enfermé dans diverses cours de récréation. Il a appris à lire tout seul mais il lui a fallu un professeur pour apprendre à jouer du violon. N'ayant pu être pilote d'avion ou champion du monde des conducteurs, il a pratiqué divers métiers : journaliste, essayeur de voitures de course, responsable de la vente de parfums pour dames. Ses premiers dessins lui ont valu de ne pas partir risquer sa vie pendant la guerre d'Algérie car il a été réformé pour idiotie mentale. A trente-huit ans et deux enfants, il dédie son premier livre *Moi, ma grand-mère* à la sienne qui se demande quand son petit-fils sera enfin sérieux. Apparemment jamais ! Du coup, Pef décide de devenir auteur-illustrateur à peur entière, car il a le trac. Il invente, en 1980, le personnage du Prince de Motordu, se régale avec *Le Monstre poilu,* écrit par Henriette Bichonnier, fait parler les petites bêtes dans *Rendez-moi mes poux,* ou fait enrager les vrais poètes avec *Attrapoèmes*. Avec la complicité d'Alain Serres, il a créé son premier dessin animé *Les Pastagums* dont les héros sont évidemment… des enfants. Pef parcourt le monde entier à la recherche des glaçons et des billes de toutes les couleurs, de la Guyane à la Nouvelle-Calédonie, en passant par le Québec ou le Liban. Chaque matin du trente-six du mois, Pef court sur les chemins de sa campagne, discute avec les alouettes, les crottes de lapin et les fossiles des Yvelines. Pour se reposer, il poursuit sa collection de maquettes de voitures de sport ou écrit de nouvelles histoires. Comme les couleurs sont difficiles à dompter c'est Geneviève, son épouse, ou Alexis, son fils, qui se chargent de les étaler sur ses dessins. Ses meilleurs amis sont le vent, les nuages et trois petites étoiles qu'il est le seul à connaître.

Motordu est le frère Noël

Supplément illustré

Test

Quand tu étais plus petit tu as sûrement cru au Père Noël, aux enfants nés dans les choux ou à la petite souris. Maintenant que tu es grand, comment réagis-tu face à ces histoires que tes parents t'ont racontées ?

(Réponses page 44)

1 Quand tu as appris que le Père Noël n'existait pas :

■ tu le savais déjà

▲ tu as refusé de le croire

● tu es tombé des nues

2 Tu as été :

▲ déçu

■ soulagé

● surpris

3 Une petite souris qui apporte des sous c'est :

● poétique

▲ drôle

■ stupide

4 Les parents racontent ces histoires aux enfants car :

■ ça les fait rire

▲ les enfants adorent

● elles leur rappellent leur enfance

5 En y croyant les enfants :

▲ se fabriquent des beaux souvenirs
● s'amusent bien
■ font plaisir à leurs parents

6 Noël sans Père Noël :

● perd son intérêt

▲ perd son côté magique
■ reste une belle fête

7 Dire que les enfants naissent dans les choux, c'est :

■ prendre les enfants pour des idiots
● une jolie façon de voir les choses
▲ éviter d'expliquer une chose compliquée

8 L'avantage des cloches de Pâques :

■ elles apportent des chocolats
▲ elles reviennent tous les ans
● elles font rêver

9 A tes enfants :

■ tu diras toujours la vérité
● tu inventeras des histoires pleines de poésie
▲ tu raconteras les histoires qui ont bercé ton enfance

Informations

Les cadeaux de Noël

Pourquoi des cadeaux à Noël ? Voilà une question que tu ne t'es peut être jamais posé ! D'où vient cette tradition qui , dans tous les pays, à peu près le même jour, demande au Père Noël d'apporter des cadeaux aux enfants ? Depuis l'Antiquité, l'arrivée de l'hiver ou le changement de l'année était une époque de cadeaux. A Rome, on s'offrait des petits objets de cuivre, d'or ou d'argent pour se souhaiter la richesse, des bougies pour la lumière et du miel pour la douceur. Dans les pays du nord, des gnomes sortaient de leur caverne pour apporter des cadeaux aux enfants et les consoler ainsi de l'arrivée de l'hiver. Les chrétiens gardèrent ces traditions et les associèrent à la naissance de Jésus-Christ. Des personnages fabuleux ou des figures de saints se déplaçaient dans le ciel au cours du mois de décembre. Saint Martin déposait des châtaignes et des fruits secs pour les enfants sages et des cendres et des crottes d'ânes pour les paresseux. Saint Nicolas voyageait dans les airs suivi

d'un âne chargé de deux paniers : l'un était rempli de bonbons et l'autre de bâtons.
Les enfants déposaient leurs souliers près de la cheminée et recevaient ce qu'ils méritaient.
La Befana en Italie est une sorcière qui donne des cadeaux aux enfant sages mais des morceaux de charbon aux désobeissants.

Ce sont les rois mages qui, en Espagne, apportent les cadeaux aux petits enfants qui ont déposé leurs souliers pleins de paille pour nourrir leurs chameaux.
Aujourd'hui beaucoup de ces personnages ont disparu au profit du Père Noël.
Le Père Noël est beaucoup plus généreux que ses camarades du temps passé.
D'abord, il n'oublie aucun enfant, même les moins sages. Ensuite, il offre de jolis jouets bien empaquetés. Les enfants d'autrefois n'avaient pas la chance que tu as.
Comme les jouets étaient rares et précieux, la hotte était plus souvent chargée de bonbons ou de fruits secs que de trains électriques ou de poupées ! Pourtant, même très simple, le cadeau de Noël a toujours été et restera sûrement le plus beau cadeau de l'année.

Jeux

■ Quel beau souhait !

Comment finissent ces phrases ? En mots tordus bien sûr !
En prenant la lettre écrite en gras dans chacun des mots que tu auras choisi, tu trouveras l'un des cadeaux que le Frère Noël a apporté à Nid-de-Koala.
(Réponses page 44)

1. Pour être infirmière, il faut, entre autres :
A. une **m**eringue
B. un **f**lan

2. Le Frère Noël s'aperçoit qu'il a perdu :
A. son ch**e**min
B. sa p**i**ste

3. Dans sa boite à fourbi, le Prince :

A. du dés**o**rdre
B. une **c**lé en glaise

4. Pour livrer tous les souhaits, le frère

Noël doit rattraper :
A. son **r**enard
B. son ren**n**e

5. Avec la berceuse et les minces, il a :
A. plusieurs marm**o**ts
B. une boîte à musi**q**ue

6. A Noël, c'est au réveil que l'on découvre :
A. les **p**arents
B. tous les **s**ouhaits

7. Avec des braises,
la Princesse fabrique :
A. une robe de **c**endres
B. un bon **f**eu

8. Les rennes en sont en chantier :
A. le j**o**uet
B. la benne à ord**u**res

9. Jean Pionnat a reçu :
A. douze voitures **mi**niatures
B. un **b**allon de foule

10. Après en être descendu, le frère Noël :
A. remonte au mi**e**l
B. gare son tr**a**îneau

Réponses

pages 38 et 39

Compte les ▲, les ■ et les ● que tu as obtenus.
- Si tu as plus de ▲, tu as vraiment cru et aimé croire à toutes ces histoires que l'on t'a raconté lorsque tu étais petit. Tu as été déçu lorsque tu as appris la vérité mais tu comprends pourquoi tes parents te les ont racontées. Tu en gardes de beaux souvenirs, ils font partie de ton enfance.
- Si tu as plus de ■, tu trouves ces histoires idiotes et tu ne comprends vraiment pas pourquoi, sous prétexte de poésie on raconte n'importe quoi aux enfants. Tu estimes que les enfants ont droit à la vérité même si cela amuse moins les parents !
- Si tu as plus de ●, c'est la poésie, le côté magique et mystérieux que tu aimes dans ces histoires. Même lorsque tu n'y croyais plus tu faisais encore semblant d'y croire. Ces histoires se transmettent de génération en génération et amusent petits et grands. Alors, pourquoi se priver d'un tel plaisir ?

pages 42 et 43

Quel beau souhait !

Il te fallait prendre les lettres en gras des mots : meringue, piste, clé, marmots, renard, souhaits, cendres, jouet, ballon et miel. Avec ces lettres, tu pouvais former le mot MICROSCOBE.

La bibliothèque du Prince de Motordu

La belle lisse poire du Prince de Motordu
n°37

Il était une fois un Prince qui habitait dans un chapeau. Ses parents lui conseillant de se marier, il rencontrera une belle flamme, la toute jeune Princesse Dézécolle.

Le dictionnaire des Mots tordus
n°192

« Une écharde est une pièce d'étoffe qu'on se met autour du clou quand il fait un froid piquant. » Les mots tordus sont une vraie langue. Ils avaient besoin d'un dictionnaire à se tordre… de rire !

Les belles lisses poires de France
n°216

« Le roi Louis Chaise ayant trop fait la fête, on lui supprima son trône. » De Jules lézard aux présidents de la Paix Publique, toute l'histoire de France en mots tordus !

L'ivre de français
n°246

« Je fume… tu fumes… il fume… nous toussons… vous toussez… ils s'arrêtent de fumer ! »

Conjugaisons, poésies, apprentissage du langage. Un litre d'école à avaler d'un coup.

Le livre de nattes
n°240

Les fables de multiplication, les opérations, les problèmes n'auront plus de secret pour les glaçons et les petites billes parlant couramment en mots tordus !

Leçons de géoravie
n°291

La Princesse Dézécolle, sa classe et le Prince de Motordu sillonnent la France pour en étudier les flemmes et les bonds d'âne. Arriveront-ils au bord de la mer à mariée haute ou à mariée basse ?

Cours de silence naturel
n°292

Remplaçant provisoirement son épouse auprès de ses élèves, le Prince de Motordu prétend qu'en chacun de nous tout n'est qu'or humain. S'adresse-t-il au cerceau ou au beurre de ses auditeurs ?

Motordu et le fantôme du chapeau
n°332

Une nuit, la Princesse Dézécolle entend des poux dans le mur… Marie-Parlotte et Nid-de-Koala feront-ils enfin la connaissance de leur ancêtre ?

Motordu et les petits hommes vers
n°329

Marie-Parlotte et le petit Nid-de-Koala ne pourront accompagner le Prince dans son voyage dans le système scolaire. Seront-ils les premiers à l'entendre raconter sa mémorable expédition ?

Motordu a pâle au ventre
n°330

Le diagnostic du docteur est formel : lapin dix huîtres ! Le Prince de Motordu sera opéré. Mais son glaçon et sa bille auront-ils le droit de lui rendre visite à l'hôpital ?

Motordu champignon olympique
n°335

Lancer du manteau, saut en moteur, mare à thons... Le Prince participe aux jeux Olympiques. Marie-Parlotte et Nid-de-Koala se gaveront-ils de mets d'ail ?

Motordu au pas, au trot, au gras dos
n°333

Le Prince et la Princesse Dézécolle offrent une jument à leurs enfants Marie-Parlotte et Nid-de-Koala. « Belle-Chic », tel est son nom, ira où bon lui semble même sur un champ de bourse !

Motordu sur la Botte d'Azur
n°331

Mer ou montagne ? Les balances y sont différentes. Mais au bord de la mer, Marie-Parlotte et Nid-de-Koala apprendront au moins à pêcher à la vigne.

Motordu et son père Hoquet
n°337

Motordu s'est fait offrir un père hoquet qui fait énormément de bêtes hips. Mais le volatile s'évade et toute la famille se lance à sa poursuite. Celle-ci s'achèvera par une visite du zoo...

Motordu as à la télé
n°336

Le Prince de Motordu, lauréat du grand prix de l'Académique franche chaise est invité à la télé ! Mais Marie-Parlotte et le petit Nid-de-Koala empêcheront-ils leur père de tordre le petit monde télévisuel ?